L'HOMME A LA FLÛTE

L'HOMME A LA FLUTE
Dessins par De Lucht
BIBLIOTHÈQUE
et
MAGASIN D'ÉDUCATION
ET DE RECRÉATION
Édit: J. Hetzel & Cⁱᵉ
Paris - 18 r. Jacob
Amand Lith Amsterdam

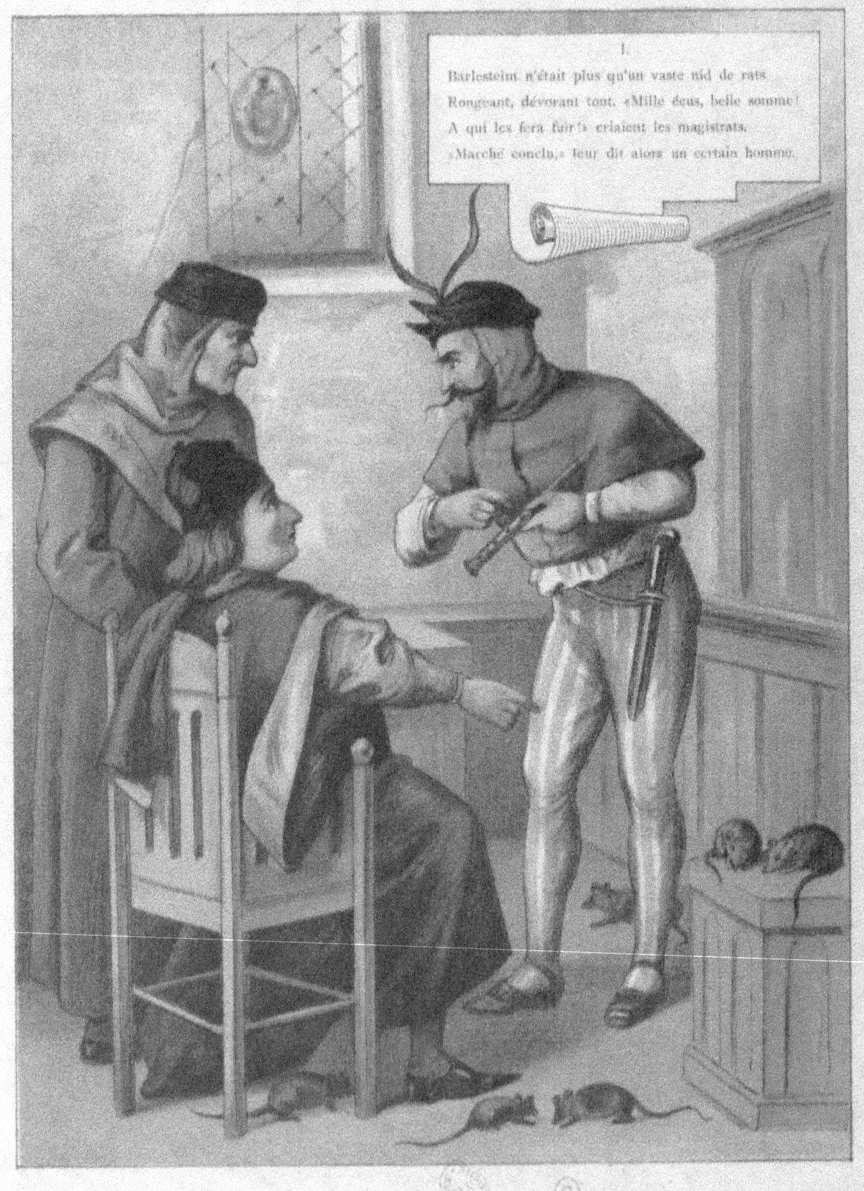

I.

Barlestein n'était plus qu'un vaste nid de rats
Rongeant, dévorant tout. «Mille écus, belle somme!
A qui les fera fuir!» criaient les magistrats.
«Marché conclu,» leur dit alors un certain homme.

II.

En effet, ces rongeurs, qu'il fût ou non sorcier,
Il s'en fit suivre rien qu'en jouant de la flûte,
Les menant droit au fleuve, où tous, jusqu'au dernier,
Mélodieusement ils feront la culbute.

III.

Après, lorsqu'il s'en vint réclamer son paiement,
Le bourgmestre lui dit: «Pour œuvre si facile
Dix écus suffiront.» Mais lui: «Dans un moment
Vous saurez ce qu'on gagne à m'échauffer la bile.»

L'HOMME A LA FLÛTE.

V.

Pour venger son affront, bien qu'ils n'en puissent mais,
Il les tient prisonniers dans un antre sauvage.
Là, doivent ils peiner, cuisiner d'affreux mets,
En silence, ou sinon, sa houssine fait rage.

L'HOMME A LA FLÛTE.

Arnaud lith. Amsterdam.